D1641071

Chistes Buenos Para Adultos Malos

Los Mejores 100 Chistes Verdes y Picantes Para Parejas, Hombres y Mujeres (Regalo Original Para Tener Sexo)

Sofía Esposito

Todos los derechos protegidos por copyright, 2022.
Todas las historias de este libro son ficción, cualquier parecido con la realidad es fruto de tu (pervertida) imaginación.
En este libro puede haber enlaces de afiliación, esto significa que SIN QUE A TI TE CUESTE MÁS, si haces alguna compra después de hacer clic en ellos, podemos llevarnos una comisión que nos permitirá seguir creando contenido. Así que si los usas GRACIAS.

© No solo libros LLC.

En primer lugar 8

1 13

2 14

3 14

4 15

5 16

6 16

7 17

8 17

9 18

10 18

11 19

12 20

13 20

14 21

15 23

16 23

17 24

18 25

19 25

20 27

21 28

22 28

23 29

24 30

25 31

26 31

27 32

28 33

29 33

30 34

31 35

32 35

33 36

34 37

35 37

36 38

37 39

38 40

39 40

40 41

41 41

42 42

43 43

44 43

45 44

46 44

47 45

48 45

49 46

50 47

51 48

52 49

53 50

54 51

55 52

56 55

57 56

58 57

59 58

60 59

61 59

62 61

63 62

64 63

65 64

66 64

67 65

68 66

69 66

70 67

71 68

72 68

73 69

74 70

75 71

76 73

77 74

78 75

79 75

80 76

81 76

82 77

83 79

84 80

85 81

86 81

87 82

88 83

89 83

90 84

91 85

92 86

93 87

94 87

95 88

96 89

97 89

98 90

99 90

100 91

En primer lugar

Quiero agradecer y dedicar este libro al Taller de Escritura Creativa Sin Límites.

Sin sus integrantes este libro no sería como es.

Si eres alguien a quien le gusta escribir, considera unirte, contarás con la garantía de Hotmart desde el siguiente QR o haciendo clic aquí.

Únete a nuestra comunidad privada en Telegram y consigue *ebooks* gratis:
https://t.me/+NAyt_tu1E7EyYT Mx

Otros libros que te encantarán

Muchas gracias por llegar hasta aquí.

Vamos a presentarte algunos libros que pueden interesarte, todos están en la suscripción de Kindle Unlimited en versión electrónica, por lo que puedes leerlos gratis con dicho programa, haz clic aquí si quieres un mes de prueba sin compromiso o usa el código QR:

De Sofía Esposito:

Hasta el final

El amo

Relatos eróticos para adultos sexo en español

Algo más que sexo duro y salvaje

El Viaje Secreto de la Heroína

Puro Sexo Sucio y Erotismo con Romance

De Sarah Kiss:

RELATOS ERÓTICOS PARA ADULTOS

Relatos eróticos para mujeres

RELATOS ERÓTICOS LÉSBICOS

Romances de oficina

SÚPER CHISTES VERDES PARA ADULTOS

De Jorge Fernández Vital:

Romance entre bandidos

El delincuente justiciero

1

Una mujer entra a la cabina de confesionario y dice:

—Padre, tengo un problema, soy pecadora porque cada vez que veo a un hombre me tiemblan las piernas.

—Hermana, pero ¿usted cuántos años tiene?

—89.

—¡Aaahh! No hay que inquietarse tanto, eso es reuma.

2

¿Cuál es la similitud entre un hombre y un árbol

Que los dos le dan sombra al pajarito.

3

—Cariño, si tan sólo aprendieras a cocinar podríamos echar a la cocinera y ahorrarnos ese dinero.

—Buena idea, si tú aprendieras a hacer el amor podríamos echar al jardinero.

4

En plena madrugada llega el marido y sorprendido grita:

—¡Coño! ¿Qué hace ese tipo debajo de nuestra cama?

—No lo sé, pero arriba... ¡Hace magia!

5

En una conversación entre el pato y
el pollo, el último le dice al otro
—Eso que tú haces con la pata yo
lo hago con la polla.

6

¿Por qué Eva mordió la manzana?
Porque Adán no le daba plátano.

7

Llega una familia de turistas latinoamericanos por primera vez a España, la hija dice:

—¿Cuánto me cobraría por cogerme a mí, a mi madre, a mi perro y a mi esposo?

—Si es así no le cobro nada a usted y a su madre ¡pero a su esposo que se lo coja el perro!

8

¿En qué se parecen los carteros y los huevos?
En que los dos golpean, pero nunca entran.

9

Siempre dicen que las mujeres son unas brujas ¡no entiendo por qué!
Es que sin tocar levantan cosas.

10

Dos hermanas se casan al mismo tiempo, al irse de luna de miel, hablan en código por teléfono así no las entienden sus esposos. Una le cuenta a la otra:

—No sabes lo mucho que le gusta comer queso a mi marido, cuatro veces por día quiere comer queso.

Y responde la otra:

—¡Eso no es nada, tía! Al mío le gusta tanto, pero tanto, que cada vez que come queso se chupa la cacerola.

11

En la noche, mientras la mujer está acostada, el marido le dice seductoramente:

—No tengo ropa interior.

—¡Déjame dormir! Ya mañana te la lavaré.

12

—Querido, hazme un favor, sal afuera y si la ropa ya se secó métemela.

—¡Sí cariño! ¡Ya está seca, está seca!

13

—Candela, ¿cómo te gustan más los hombres a ti?

—Lucía, es obvio que me gustan como el café.

—¿Cómo es eso que como el café?

—Bueno, fuerte, negro, caliente y cinco veces al día.

14

Una joven decide ir a psicoterapia para que le ayuden a resolver un problema que tiene:

—¿Por qué decidiste venir a terapia?

—Siento que los hombres siempre obtienen de mí lo que quieren, usted sabe a lo que me refiero. Creo que tengo un carácter muy débil y después me dan remordimientos de conciencia.

—Eso es muy sencillo de solucionar, debemos utilizar técnicas para reforzar el carácter.

—No, doctor, no me ha entendido, lo que yo necesito es que ya no me den esos remordimientos de conciencia.

15

Dos amigos se toman unas cervezas y uno le dice al otro:

—Adivina cómo se dice eyaculación precoz en japonés: Ya kabé.

—Ahora tú adivina cómo se dice en español: te juro que esta es la primera vez que me pasa.

16

Un señor de la tercera edad va al médico y este le da el diagnóstico:

—Señor, usted está teniendo serios problemas cardiacos, será mejor que regule su vida sexual.

—Pero, doctor ¿en qué sentido debo moderarlo? ¿el acordarme de ello o el hablar de ello?

17

Una joven de Noruega, muy guapa, pasó sus vacaciones por el Caribe, cuando se sienta en su asiento del avión que comparte con otra chica dice:

—¡Por fin juntas!

La otra responde:

—¿Qué falta de respeto es esta?

—Disculpe, dijo la sueca, pero le hablo a mis piernas.

18

El marido le dice a su mujer:

—Mi amor, ¿qué te parece si hacemos doritos?

—Vale, enciendo el horno microondas.

—¡Qué va, Dora! Las indirectas no son lo tuyo.

19

—¿Te gustaría jugar a ser médicos?

El marido le dice:

—Depende. ¿Del privado o de la seguridad social?

La mujer confundida:

—No entiendo cuál es la diferencia.

El marido responde:

—Bueno que si es de la seguridad social te doy cita de aquí a 6 meses y si es del privado son 200 euros.

20

Un par de compas están conversando y uno le pregunta al otro:

—¿Tú haces el amor con preservativo?

—Claro, siempre lo hago con preservativo, pero en algunas ocasiones me gustaría hacerlo con una mujer.

21

Un hombre y su esposa charlan felizmente: "Apuesto a que no puedes decirme nada que me haga feliz y triste al mismo tiempo". La mujer responde de inmediato: "Cariño, eres el mejor amante de tu grupo de amigos".

22

Un tipo tomó el ascensor y rápidamente tocó con su codo el pecho de la mujer al entrar. Sin saber cómo disculparse, le dijo a la mujer:

—Señora, si tu corazón es tan suave como tu pecho, podrás perdonarme.

Ella le responde:

—No se preocupe, pero si su entrepierna es tan dura como su codo, mi apartamento es el 901.

23

Un anciano estaba sentado fuera de la glorieta, tranquilo, gritando a su esposa, que estaba en la cocina:

—Cariño, ¿me traes una naranja?

La mujer responde:

—Claro... ¿Te la pelo?

Responde el marido:

—Estaría bien, pero primero tráeme la naranja.

24

Había dos viejos como de 80 años que iban a hacer el amor y él le dijo:

—Conchita, ¿en qué lugar quieres que lo hagamos hoy?

—En el piso.

—¿En el piso? ¿Por qué?

—Porque quiero sentir algo duro.

25

—¿Sabes por qué los ginecólogos se parecen a los repartidores de pizzas?

—¡Que ambos pueden oler, pero no pueden comer!

26

La esposa despierta a su marido al amanecer y le dice:

—¡Cielo, un hombre se metió a nuestra cama y me hizo el amor!

—¿Pero por qué no gritaste o no me dijiste antes?

—Bueno, porque pensé que eras tú, pero empecé a dudar cuando íbamos por la tercera ronda.

27

Un niño le pregunta a su abuelo:

—Abue, ¿cómo es tener sexo en la vejez?

—Niño, es igual que en la adolescencia.

—¿En serio?

—Claro, es querer y no poder.

28

—¿Cómo se parece un hombre a una tormenta de nieve?

—Que nunca sabes cuántos centímetros van a tener ni cuánto van a durar.

29

El niño se despierta a las dos de la mañana para tomar agua, pasa por delante de la habitación de los padres, escucha un ruido y echa un vistazo.

Los encuentran haciendo un 69 y dice:

—¿Y a mí me quieren llevar al psicólogo porque me chupo el dedo?

30

La maestra de castellano le pregunta a Jaimito:

—Jaimito, en la siguiente oración ¿en qué parte está el sujeto?:

"Lucía está disfrutando"

—Maestra, eso está muy fácil, ¡Está arriba de ella!

31

—¿En qué se parecen una tostada quemada y una novia embarazada?

—En que en ambos casos te hubiese gustado sacarla un poco antes.

32

En la carrera de espermatozoides uno le dice al que tiene al lado:

—Oye, ¿tienes idea de cuánto falta para llegar a los ovarios?

—Muchísimo, apenas pasamos la garganta.

33

Durante la misa el padre habla y comenta:

—Si tiene fe se sanará. Pose su mano en su parte afectada y va a ocurrir un milagro, tenga fe.

Una pareja de la tercera edad está escuchando el sermón.

El anciano, de manera disimulada baja pone su mano en la entrepierna.

La viejita lo mira y le dice:

—Cariño, él dijo milagro, no resurrección

34

¿Qué le dijo un árbol a otro?

Tengo un pajarito.

35

Durante el *brunch* dos mujeres tomando café conversan:

—Ahora debo tener muchísimo cuidado para no quedar embarazada.

—¿Qué me estás contando? Si tu marido recientemente se hizo vasectomía.

—Claro, por eso mismo lo digo.

36

En una panadería se acerca un viejo para comprar pan, el panadero lo ve y le dice:

—¿Cómo lo prefiere? ¿De trigo o de espelta?

—¿Qué es eso de espelta?

—Este cereal contiene más nutrientes saludables, contiene menos gluten y aporta más energía.

—Bueno, entonces sí lo quiero, póngame uno de trigo y uno de espelta.

—Pero, señor, usted ya está muy viejo, no debe comprar tanto pan. ¡Si compras una barra completa de espelta se le va a poner dura!

—Ah ¿Sí?, Entonces quiero tres.

37

Durante una orgía, uno de los participantes enojados encendió la luz y gritó:

—¡Bueno, bueno, aquí hay que organizarse! Porque sólo somos 2 chicos y 9 chicas, y ya me han dado por el culo tres veces…

38

Durante la primera revisión ginecológica la madre acompaña a su hija, el doctor le dice:

—Señora, su hija tiene el clítoris como un borrador de lápiz.

—¿Cómo es eso doctor? ¿Rosado y suave?

—No, muy mordisqueado.

39

Un campesino le dice a su mujer:

—Carmen, si tuvieras las tetas más grandes, podríamos vender tres vacas.

La esposa le responde:

—Y si tú tuvieras el pene más grande nos ahorraríamos el burro.

40

—Mamá, tengo que darte una noticia: ¡Quedé embarazada!

—¡¿Hija, pero dónde tenías la cabeza?!

—Entre el volante y el freno.

41

Un hombre pelirrojo en el hospital estaba esperando para dar a luz, salió el médico y dijo:

—Son cuatrillizos.

El hombre orgulloso exclama:

—¡Es que tengo una bazuca!

—Pues le salieron negros.

42

—Durante del primer encuentro sexual el novio le dice a su chica:

—Mi amor, pero ¿qué ha pasado? No eres virgen.

Y ella contesta:

—Tú tampoco eres San José, ¿vamos a tener sexo o a hacer un Belén?

43

Una mujer mientras se ducha se pregunta a sí misma:

—¿Será que los críos disfrutan la infancia tanto como los adultos el adulterio?

44

En una farmacia:

—Buenas tardes. ¿Me da un preservativo?

—Pero qué mal educado, ¿no ves que hay tres señoras aquí?

—Perdone, usted tiene toda la razón, entonces me da cuatro.

45

—«No debió haber sucedido», ¿qué tiempo verbal es? ¿Preservativo imperfecto?

46

—Papá, papá, ¿los marcianos son amigos o enemigos?

—¿Por qué?

—Porque vino una nave y se llevó a la suegra entre besos.

—Entonces son amigos.

47

—¿Qué es lo malo de ser esquimal y ser mujer?

—Que, si pasas una noche de pasión con tu novio, al día siguiente te puedes despertar con un embarazo de seis meses.

48

A medianoche, en una comisaría entra un borracho y dice:

—Quiero ver al que robó en mi casa ayer.

—¿Y usted para qué quiere ver eso?

—Porque quiero saber cómo entró sin despertar a mi mujer.

49

Luego de una noche en la discoteca, una chica y un chico se van a la casa de ella, estando ya entre las sábanas, él ve la foto de un hombre en su cuarto y le pregunta:

—¿Es tu ex esposo?

—No, en lo absoluto —dice ella, lamiéndole la oreja.

—¿Tu ex novio?

—No... —responde y se ríe sutilmente.

—¿De qué te ríes?

—Me calienta cuando te pones así de celoso.

Él no aguanta la curiosidad y hace una última pregunta:

—¿Pero, es tu hermano o tu padre?

—Que no, cariño; que era yo.

50

Después de salir, la mujer llega a casa y encuentra al esposo con un matamoscas en la mano.

—¿Qué haces? —Ella pregunta.

Él responde:

—Matando moscas.

—¿Y has matado alguna?

—Claro que sí, he matado ocho moscas. ¡Cinco machos y tres hembras!

—¿Y tú qué sabes si son hembras o machos?

—Es que cinco estaban en los vasos de cervezas y las otras tres en el teléfono.

51

Durante la cita médica el doctor dice:

—Lo lamento, pero si usted quiere mejorar deberá dejar el alcohol, el tabaco y el sexo, porque le queda poco tiempo de vida

—Doctor, ¿entonces así viviré más tiempo?

—No lo creo, pero así se le harán más largos los días.

52

A una verdulería entran una pareja de chicos gais.

—¡Hola! Me da un par de pepinos, por favor.

—Bueno, pero el mínimo de compra de pepinos es de tres unidades.

Entonces el otro chico le pregunta:

—¿Y qué vamos a hacer con el otro?

—Nos tocará comérnoslo.

53

—Oye, chúpamela.

—No quiero

—¡Anda! Chúpamela.

—¡Qué no quiero!

—Bueno, da igual, ya bostezarás.

54

El padre ve a una mujer que entra a la iglesia con un escote bien pronunciado y le dice:

—Señorita, disculpe, pero usted no puede entrar a la iglesia así.

—Pero tengo entendido que yo tengo el derecho divino.

—Si, claro que sí, y el izquierdo también; pero así no puede entrar.

55

Un hombre árabe saca su lámpara mágica y la frota, cuando sale el genio éste le dice.

—Sólo puedo concederte un deseo.

El hombre le muestra al genio el mapa y le pide que el Medio Oriente entre en paz.

El genio le responde que eso es imposible, ya que tienen más de cinco mil años en guerra y todavía no han logrado conciliar la paz, que pida otra cosa más sencilla.

El hombre, resignado le dice al genio que quiere una mujer bonita, de buen humor, inteligente, que lave, cocine, que no hable mucho y que sea joven; que no le pida dinero, que no pregunte cosas absurdas y además sea buena en la cama.

El genio sorprendido y abrumado contesta:

—¡Dame de nuevo el mapa de mierda ese, a ver cómo le doy paz al Medio Oriente!

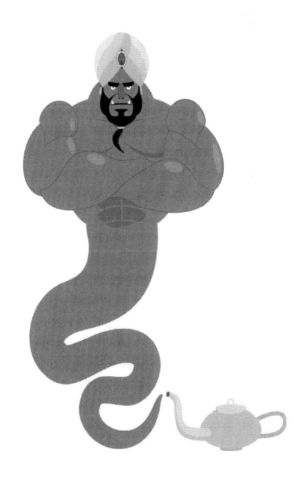

56

Una pareja gitana val al hipermercado y con su tarjeta de puntos les toca una caja de condones de sabores de regalo.

Al llegar a la casa el hombre le propone a su mujer.

—¡Yoolii!, ¿qué te parece si jugamos a las adivinanzas?

—¡Manuéé! Buena idea. ¿Cómo se juega eso?

—Fácil pues, apagamos la luz, yo me pongo un condón, tú me la chupas y adivinas el sabor ¿vale?

—Vale, cariño...

Cuando apagan la luz Yoli dice:

—Este sabe a queso roquefort.

—Pero, chiquilla: ¡espera a que me ponga el condón!

57

En el médico una mujer muy desesperada le pide al doctor.

—Doctor, ¡necesito que me ayude! Necesito que ponga a mi marido como un toro.

Él hombre le responde:

—No hay problema. Acuéstese que vamos a iniciar con los cuernos.

58

—Cariño, quiero que me digas algo dulce.

—Azúcar.

—No, entonces dime algo lindo

—Flores

—¡Que no! Dime algo sexy.

—La vecina.

59

En una aplicación de citas un chico le escribe a una chica.

—Hola, quiero conocerte mejor, tengo 36 años, soy diputado desde hace 7 años y soy honesto.

—¡Qué tal! Mucho gusto, tengo 28 años, soy prostituta desde hace 9 años y soy virgen.

60

Un argentino y su novia están haciendo el amor y en el momento del clímax la mujer grita

—¡Dios mío! ¡Qué rico!

Y él le contesta:

—Bueno, mi amor, en el sexo me puedes llamar Lucas.

61

Un hombre ve en la farmacia una nueva marca de preservativos llamados: "Condones Olímpicos".

Como le llamó la atención tal publicidad los compra y se va contento a la casa y su mujer le pregunta.

—¿Cómo es eso de condones olímpicos? ¿Qué tienen de especial?

—Bueno, cariño, mira que vienen tres colores: oro, plata y bronce.

—Querido, ¿y qué color te vas a poner esta noche?

El marido muy orgulloso le responde:

—Claramente el oro, mi amor.

—Mejor te pones plata, a ver si por primera vez llegas de segundo.

62

Durante las olimpiadas, el ganador del salto de pértiga y una gimnasta hermosa deben compartir cama porque ya no hay más lugar, ella le dice al él:

—Voy a poner esta almohada entre los dos para evitar tentaciones.

La almohada cumplió su función y logró separar a ambos toda la noche, por lo que no sucedió nada más. El chico dice al día siguiente:

—Hoy lograré saltar los seis metros.

La chica se ríe en voz alta y dice:

—Si no saltaste la almohada anoche, no creo que logres saltar los seis metros hoy.

63

—Cariño ¿qué tanto te gustan los bebés?

—Mi amor: ¡me encantan!

—Qué alivio, porque se me rompió el condón.

64

En el bar se conoce una pareja, después de unas cuantas copas el chico le pregunta:

—¿Cuántos años tienes?

—¿Qué edad me pones?

—Por tu rostro te pongo 21, por la mirada 18, por tu piel y labios te calculo unos 18, y por tu cuerpo 19. Ella responde alagada:

—Tú sí que sabes seducir a una mujer… Ahora dime: ¿qué vas a hacer con eso?

—¡La suma!

65

Un marido le dice a su mujer:

—Sofía, nos vamos de putas esta noche.

—¿Cómo que de putas?

—Bueno, yo con una puta y tú te vas a tu puta madre.

66

Durante una revisión a un inmigrante, el funcionario rellena una ficha y pregunta:

—¿Sexo?

—Siete veces por semana.

—No... Quiero decir si es masculino o femenino.

—¡¡¡¡Lo que sea!!!!

67

Un hombre se acerca a una mujer y le dice:

—¿Qué te parece si nos echamos un polvo mágico?

—¿Cómo son los polvos mágicos?

—Sencillo: echamos unos polvos y después no te conozco.

68

¿Cuál es la diferencia entre "Lástima" y "Lastima"?

El tamaño

69

¿Por qué los sordomudos se tocan con la mano derecha?

Porque gimen con la izquierda.

70

Un viejo va al doctor y le pide:

—Por favor, recéteme algo para tener sexo todos los días, pero que no sea viagra porque sufro del corazón.

—Entonces no hay nada que hacer, no puedo recetar ninguna pastilla para eso.

—¡Qué va! Si tengo un amigo de 90 años que dice que tiene sexo todos los días y también sufre del corazón.

—Pues dígalo usted también.

71

—¿Te animas a una orgía mañana por la noche? Va a ser sexo desenfrenado y sin límites, una fantasía.

—¿Cuántas mujeres habrá?

—Pues si traes a tu mujer serán dos.

72

—Ayer le hice el amor tan duro a mi mujer que el Cristo de la pared me aplaudió.

—¡Chaval, eso no es nada! Yo se lo hice tan rico a mi mujer anoche, que todos en la última cena me hicieron la ola.

73

—Juan, tu mujer y tú, antes de casarse ¿ya habían hecho el amor?

—Claro que no. ¿Y tú?

—Yo sí pero no sabía que te ibas a casar con ella.

74

Un joven va al médico porque está muy preocupado después de su primera vez:

—Este problema que tengo es muy crítico.

—¿Por qué? ¿Cuáles son sus síntomas

—Bueno, es que hace unos días tuve mi primer encuentro sexual y al acabar me salió un líquido blanco y viscoso.

—No entiendo. ¿Qué esperabas echar?

—¡Lo normal pues!, ¡polvos, como todo el mundo!

75

Va a la farmacia un chico y dice:

—Quiero un condón, es que tengo una cena con la familia de mi novia esta noche, como llevamos ya algunas semanas, puede ser que después de la cena podamos... Usted ya sabe...

El chico se queda pensando mientras el farmacéutico está buscando preservativos:

—Sabe qué, mejor me da dos, porque la hermana de mi novia no está mal tampoco, quizás y también cae, quién sabe…

El farmacéutico busca otro preservativo y el chico nuevamente cambia de opinión:

—Mire, mejor me da tres, porque la mamá es bien caliente y además le pone los cuernos a su marido y mejor prevenir que lamentar…

Cuando por fin llega la hora de la cena, el chico estuvo todo el evento con la gabardina puesta, la cabeza gacha y una gorra que le tapa la mitad de la cara. Al terminar de comer, sale de la casa con su novia y esta le dice:

—¡Carlos! Me has salido tímido, no me lo esperaba.

—Yo no me esperaba que tu padre trabajara en una farmacia.

76

En una conversación seria, la madre le pregunta a su hija:

—Dicen las vecinas que estás teniendo sexo con tu novio.

—¡Oye, pero qué chismosa y mentirosa es la gente! Uno se acuesta con cualquier persona y ya les da por decir que es mi novio.

77

Un hombre está en pleno acto sexual con una mujer, de repente suena el teléfono de ella y se ríe. Él le pregunta:

—¿Por qué te estás riendo?

—Es que mi marido me llamó para decirme que salió contigo.

78

A plena media noche, y cuando ya está dormido, un viejo de 85 años se levanta para ir al baño, se dirige a su pene y dice:

—¿Estás viendo cabrón? Cuando tú lo necesitas, yo sí me levanto.

79

Una pareja de la tercera edad está charlando y ella le dice al marido:

—Me encantan tus masajes y tu sexo.

—¡¿Qué?!

—Que me encantan tus mensajes y tus textos

80

Al tener sexo ¿cuál es la diferencia entre la amante, la esposa y la novia?

La novia dice: —¡Ayyy me duele!

La amante dice: —¡Ayyy qué placer!

Y la esposa dice: —¡Hayyy que botar la basura!

81

Una señora en la comisaría:

—¡Ayuda! ¡Inspector! Me acaba de violar un funcionario.

—Pero... ¿Cómo sabe usted que era un funcionario?

—Pues, tuve que hacerlo todo yo…

82

Sábado en la noche, el marido sabiendo de que una noche más se encontraría con una excusa de su mujer, hizo un plan:

Entró tranquilamente a su baño, se duchó sin prisa y apareció desnudo en el cuarto.

La mujer al ver la imagen del marido sin ropa y bien duchado dijo:

—Ay, mi cielo, ya sabes cómo he estado últimamente... ¡Tengo una migraña terrible!

Al bajar un poco la mirada ella vio que el pene de su marido estaba todo cubierto por un polvo blanco. Extrañada, le preguntó:

—¿Qué es eso mi cielo?

Él respondió:

—ASPIRINA EN POLVO, cariño. ¿Quieres que sea vía oral o como supositorio?

83

En una fiesta para la tercera edad, se conoce una pareja de ancianos. Después de pasar el rato, prefieren ir a un lugar más privado, estacionan el coche y hacen el amor.

Cuando finalizan el acto, mientras volvían, el anciano iba pensando, con remordimiento:

—No sabía que era virgen, la debí haber llevado a un sitio mejor.

A su vez, la anciana al otro lado pensaba:

—De haber sabido que se le levantaba, me hubiese quitado las bragas.

84

En la playa pasan dos chicas en bikini y un hombre las ve con lujuria, una le grita enojada:

—¿Qué te pasa? ¿Qué coño quieres?

—¡QUÉ MARAVILLA, PUEDO ELEGIR!

85

Una mañana, antes de irse a trabajar el esposo le dice a su esposa:

—Prepárate, mi vida, está noche te daré hasta por las orejas.

La esposa preocupada responde:

—¡No! Por ahí no, qué tal que quede sorda.

—¿Qué dices? Si aún no te quedas muda.

86

Entran dos mujeres y un hombre a un restaurante, él ordena dos pizzas, el camarero amablemente pregunta:

—¿Familiares?

—No, son putas, pero les dio hambre.

87

—¡Ayuda! Una víbora venenosa le ha picado en el pene a mi amigo ¿Cómo puedo ayudarlo?

—Debe succionar y botar todo el veneno.

—Ni modo, nos vemos en la otra vida.

88

Una pareja de ancianos haciendo el amor y ella le dice a su marido:

—¿Te he dicho que pareces teléfono móvil?

El anciano con picardía responde:

—¿Por cómo vibro?

—No, es que si entras al túnel se te cae la cobertura…

89

Una pareja de ancianos conversa:

—¿Cariño, prefieres el sexo o la navidad?

El esposo responde:

—¡Pues el sexo! Navidad hay todos los años.

90

Unos padres se encuentran una lata de cerveza en el bolso de su hija:

—¡Dios mío! Mi hija está bebiendo.

Los mismos padres cuando se encuentran un cigarrillo en el bolso de su hija:

—¡Ay no! Mi hija fuma

Cuando ven un condón en el bolso de su hija:

—¡No puede ser! Mi hija tiene pene.

91

Un ciego acude a un examen de próstata y pregunta:

—Disculpe el atrevimiento doctor, pero ¿le importa si le agarro el pene?

El doctor exaltado le responde:

—¿Está loco? ¿Por qué quiere agarrarme el pene?

—Solamente para asegurarme de que lo que me está metiendo sea el dedo.

92

—Doctor, no puedo controlar las ganas de tener sexo.

—Eso es porque usted es ninfómana.

—Qué raro… En el barrio me dicen que soy puta

93

—Doctor, cuando me tocan las tetas, se ponen duras, tóquelas para que lo vea ¿cree que sea grave?

—Entiendo, ya lo veo… Bueno, no creo que sea grave pero sí es contagioso

94

En una conversación de la leche con el cacao:

—Aprovecha ahora de echarme un polvo, ¡que estoy calentita!

95

En la facultad de medicina el profesor dice:

—Quien me diga cuál es el órgano del cuerpo que puede agrandarse 9 veces su propio tamaño, pasa el semestre.

Se escucha murmullar toda la clase y una chica muy segura contesta:

—El pene, profesor.

El profesor, que aguanta la risa, dice:

—No, hijita… Es la pupila, pero felicidades a usted y a su novio.

96

Un niño de tres años curioso y mirando sus testículos pregunta a su padre:

—¿Este es mi cerebro?

—Mmm… aún no.

97

Adivina qué hay detrás de la vaca que ríe de la marca de quesitos:

—El toro empujando.

98

—Padre, debo confesar

—Dígame, hija.

—Anoche mi hermanastro me hizo suya.

—¿Contra tu voluntad?

—No.... Contra la mesa del comedor.

99

—¿Sabías que existen tres tipos de tetas?

—¿Qué dices? Sólo hay dos: melones y peras.

—Y las de cebolla, que cada vez que las ves te hacen llorar.

100

Después de casarse se van a su noche de bodas, un torero y su mujer, este le confiesa a su esposa:

—Aida, tengo que decirte que tengo un testículo menos.

—Alonso, yo también tengo algo que decirte, no soy virgen.

—¡Ay que ver! Yo lo perdí en una "corrida".

—Y tú qué crees ¡¿que yo la perdí de una "pedrada"?!

Otros libros que te encantarán

Muchas gracias por llegar hasta aquí.

Vamos a presentarte algunos libros que pueden interesarte, todos están en la suscripción de Kindle Unlimited en versión electrónica, por lo que puedes leerlos gratis con dicho programa, haz clic aquí si quieres un mes de prueba sin compromiso o usa el código QR:

De Sofía Esposito:

Hasta el final

El amo

Relatos eróticos para adultos sexo en español

Algo más que sexo duro y salvaje

El Viaje Secreto de la Heroína

Puro Sexo Sucio y Erotismo con Romance

De Sarah Kiss:

RELATOS ERÓTICOS PARA ADULTOS

Relatos eróticos para mujeres

RELATOS ERÓTICOS LÉSBICOS

Romances de oficina

SÚPER CHISTES VERDES PARA ADULTOS

De Jorge Fernández Vital:

Romance entre bandidos

El delincuente justiciero

Únete a nuestra comunidad privada en Telegram y consigue *ebooks* gratis:
https://t.me/+NAyt_tu1E7EyYT Mx

Un placer haberte tenido como lector, ojalá hayas disfrutado la lectura, siempre agradecemos encontrar reseñas positivas…

¡Besos!

y…

hasta la próxima.

Printed in Poland
by Amazon Fulfillment
Poland Sp. z o.o., Wrocław
30 November 2023

3d60d520-0f00-4419-9bbb-b6a50bf6b291R01